AQUARELLES

MODERNES

IMPRIMÉ PAR PILLET ET DUMOULIN
RUE DES GRANDS-AUGUSTINS, 5, A PARIS.

CATALOGUE

D'AQUARELLES

MODERNES

Provenant de différentes Collections

DONT LA VENTE AURA LIEU

HOTEL DROUOT, SALLES Nos 8 ET 9

Le Mercredi 6 Juin 1883,

A deux heures et demie.

COMMISSAIRE-PRISEUR

Me PAUL CHEVALLIER, Successeur de M. CH. PILLET

10, rue de la Grange-Batelière.

EXPERT

M. GEORGES PETIT, 12, rue Godot-de-Mauroy,

Chez lesquels se trouve le présent Catalogue.

EXPOSITIONS

PARTICULIÈRE	PUBLIQUE
Le Lundi 4 Juin 1883,	*Le Mardi 5 Juin 1883,*

De une heure à cinq heures.

CONDITIONS DE LA VENTE

La vente sera faite au comptant.

Les acquéreurs payeront cinq pour cent en sus des enchères applicables aux frais.

Paris. — Typ. Pillet et Dumoulin, 5, rue des Grands-Augustins

AQUARELLES

Appartenant à Monsieur A. R.

BARON

1 — *Scène antique.* 225

DE BEAUMONT

2 — *Junon.* 250

BERCHÈRE

3 — *Caravane au bord du Nil.* 115

BIDA

4 — *Une fâcheuse rencontre.*

BISEO

5 — *Berger kabyle surpris par un lion.*

BISEO

6 — *Départ pour la chasse dans l'Inde.*

BISEO

7 — *Berger kabyle.*

BISEO

8 — *Un Ivrogne.*

BISEO

9 — *Loup attaquant une bergerie.* 60

DIDIER (JULES)

10 — *Le Départ pour le marché.* 130

DIDIER (JULES)

11 — *Héron dans un marais.* 125

DIDIER (JULES)

12 — *Taureau.* 55

DORÉ (GUSTAVE)

13 — *Cerfs sous bois.* 100

DUBUFFE (E. FILS)

14 — *Mercure.*

FERRIER (GABRIEL)

15 — *Scène orientale.*

GERVEX

16 — *La Tasse de café.*

GIACOMELLI

17 — *Lapin pris par un oiseau de proie.*

GIACOMELLI

18 — *Une Couvée.*

GUILLEMIN

19 — *La Confidence.* 125

HARPIGNIES

20 — *Une Saulée en automne.* 310

HARPIGNIES

21 — *Baie de Naples.* 200

INGRES

22 — *M. Brochard, habile interprète de Molière.* 160

Dessin.

JACQUEMART (JULES)

23 — *Une Mansarde.* 360

JACQUEMART (JULES)

24 — *Forêt de palmiers.*

JACQUEMART (JULES)

25 — *Un Rat d'eau.*

JACQUET (GUSTAVE)

26 — *Scène d'intérieur.*

LANÇON

27 — *Animaux.*

LANÇON

28 — *Lion couché.*

LANÇON

29 — *Lion attaquant un sanglier.* 23

LANÇON

30 — *Éléphant.* 30

LANÇON

31 — *Le Coup de pied de l'âne.* 85

LÉVY (ÉMILE)

32 — *La Charité.* 130

LEVY (ÉMILE)

33 — *Le Secret.* 140

LUMINAIS

34 — *Gaulois à la chasse.*

DE PENNE

35 — *Chien et Loup dans la neige.*

DE NITTIS

36 — *Cour de ferme.*

DE PENNE

37 — *Singe, Loup et Renard.*

DE PENNE

38 — *Chasse dans la neige.*

DE PENNE

39 – *Berger endormi.* 185

RAFFAELLI

40 — *Effet de neige.* 190

RIBOT

41 — *Ouragan en mer.* 150

ROUSSEAU (PHILIPPE)

42 — *Chien de chasse* 250

ROUSSEAU (PHILIPPE)

43 — *Le Loup et l'Agneau.* 210

STEVENS (JOSEPH

44 — *Un Chenil.*

TOUDOUZE

45 — *Scène de ménage.*

VEYRASSAT

46 — *Charrette de foins.*

WORMS

47 — *Le Consolateur.*

ZUBER

48 — *Berger rassemblant son troupeau.*

ZUBER

49 — *Taureaux se battant.*

ZUBER

50 — *Vache dans les roseaux.*

AQUARELLES

Appartenant à Monsieur G. P.

CLAIRIN

51 — *Japonaise.* 280

DUEZ

52 — *Lever de lune.*

DUEZ

53 — *De ma fenêtre.* 660

FRANÇAIS

54 — *Le Héron.*

HEILBUTH

54 bis — *Sur la terrasse.*

JACQUEMART (JULES)

55 — *Montagnes au soleil.*

JACQUEMART (JULES)

56 — *Plantation d'oliviers.*

JACQUEMART (JULES)

57 — *Avenue de la Grande-Armée.*

JACQUEMART (JULES)

58 — *Marine.*

JACQUEMART (JULES)

59 — *Figure.*

KNIGHT

60 — *Jeune paysanne couchée dans l'herbe.*

MEISSONIER

61 — *Dragon en vedette.*

Un dragon à cheval, le fusil en main, se tient sur une éminence et surveille la plaine. Sur la droite, une autre vedette observe un autre point de l'horizon.

VIBERT (GEORGES)

62 — *L'Andante.*

Un vénérable prélat a réuni toute la maîtrise au milieu d'une pièce vaste et somptueuse. Assis dans son fauteuil, les pieds enfouis dans une fourrure d'ours blanc, il semble savourer, en véritable amateur, l'andante qu'il se fait exécuter.

VIBERT (GEORGES)

63 — *Le Toréador vainqueur.*

Il est debout dans l'arène, adossé à la barrière. De jeunes espagnoles aux costumes brillants se penchent au-dessus de lui et lui témoignent leur admiration en le comblant de fleurs et de sourires. — Plus loin apparaît la foule entassée sur les gradins.

AQUARELLES

De provenances diverses

BEAUMONT (ÉDOUARD DE)

64 — *Les Compagnons d'Ulysse.* 3[illegible]

CLAUDE (MAX)

65 — *Promenade de Hyde Park.* 380

DUEZ

66 — *Sur la plage.* 550

HARPIGNIES

67 — *Entrée de Saint-Privé.*

HEILBUTH

68 — *Écouen.*

HEILBUTH

69 — *Croissy.*

LAMBERT

70 — *Une Quenouille.*

LAMI (EUGÈNE)

71 — *Bal à l'Opéra.*

LELOIR (LOUIS)

72 — *Troupe en marche.*

La bataille est terminée; les troupes sont en marche, étendard déployé L'officier, à cheval, marche en tête suivi de toute la colonne.

DE PENNE

73 — *Bassets.*

POLLET

74 — *Vénus aux amours.*

POLLET

75 — *Baigneuses.*

TOFANO

76 — *Tête de femme.*

ZIEM

77 — *Rochers au bord de la mer*

www.ingramcontent.com/pod-product-compliance
Ingram Content Group UK Ltd.
Pitfield, Milton Keynes, MK11 3LW, UK
UKHW020231180726
13838UKWH00005B/2329